NATE
EL GRANDE

INFALIBLE

Date: 10/12/18

SP J PEIRCE
Peirce, Lincoln,
Nate el grande infalible /

Lincoln Peirce
NATE EL GRANDE
INFALIBLE

RBA

LECTORUM

NATE EL GRANDE
INFALIBLE

Originally published in English under the title
BIG NATE IN THE ZONE
Author: Lincoln Peirce

Cover design: Sasha Illingworth - Tom Forget
Text and illustrations copyright©2014 by United Feature Syndicate, Inc
This edition published by agreement with HarperCollins Children's Books,
a division of HarperCollins Publishers.
Bit Nate is a trade mark of United Feature Syndicate, Inc.
Translation copyright©2016 by Mireia Rué
Spanish edition copyright©2017 by RBA LIBROS, S.A.

U.S.A. Edition

Lectorum ISBN 978-1-63245-656-4

Printed in Spain

10 9 8 7 6 5 4 3 2 1

Para los primos

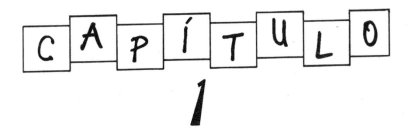

CAPÍTULO 1

Un waffle me ha arruinado la vida.

El waffle de TEDDY, por si les interesa saberlo. Todo este desastre ha sido culpa suya.

Teddy es uno de mis mejores amigos (Francis es el otro), pero ahora mismo estoy bastante molesto con él: ¡es el responsable de que esté aquí plantado delante de toda la escuela, aguantando la bronca del director Nichols!

Todo empezó ayer en la clase de estudios sociales, cuando la señorita Godfrey, alias Jabba el Hutt, nos mandó a hacer un trabajo. Adivinen a quién le tocó escribir sobre la guerra de 1812, el peor tema que ha existido NUNCA.

Inspirado por esas alentadoras palabras, hojeé el libro de texto. Y ¿saben lo que decía sobre la guerra de 1812? Absolutamente NADA. Debían de haberlo escrito en 1811. Bueno, el caso es que entonces Teddy acudió en mi ayuda…

Parecía un buen plan. Después de clase, TODOS fuimos a casa de Teddy:

Yo...   Dee Dee...

    Francis...

                                 y Chad.

Y fue GENIAL. En los libros del señor Ortiz había tal cantidad de datos aburridísimos e información inútil —el tipo de cosas que les ENCANTA a los profesores— que enseguida tuve listo un esquema del trabajo bastante chévere.

Hasta ahora, todo bien, ¿no? Bueno, pues, no tanto, porque, cuando ya me había puesto el pijama, rebusqué en mi mochila y... ¡EL ESQUEMA NO ESTABA ALLÍ!

Así que me DESPREOCUPÉ. Fui a acostarme convencido de que mi esquema estaba a salvo, en la cocina de Teddy. ¿Cómo imaginarme lo que iba a ocurrir al día siguiente?

Vale, puede que la cosa no fuera EXACTAMENTE así. Da igual. El caso es que esa mañana, cuando llegué a la escuela, me enteré de que Teddy había convertido mi esquema en un montón de confeti mojado y empapado de sirope.

Claro, podía explicarle a la señorita Godfrey lo que había ocurrido. ¡Le ENCANTAN mis excusas! Es TAN comprensiva.

Faltaban solo tres minutos para que empezara la clase y no tenía esquema. ¡Qué angustia! Daba más vueltas que una bolsa de palomitas dentro del microondas. Así que hice lo que hago siempre cuando estoy nervioso.

Me golpeé la cabeza con una botella de plástico vacía.

Sí, sí, ya sé que es un poco raro. Pero ¿lo han PROBADO alguna vez? Es muy relajante. Y ¡hace un ruido superchévere!

—¿Se puede saber QUÉ estás haciendo?

¿Que qué estaba haciendo? Preguntándome cómo se las había arreglado la Novia de Big Foot para plantarse detrás de mí sin que yo me diera cuenta. Quiero decir que es enorme, y gritona, y huele a cebolla. ¿Cómo puede ser tan sigilosa?

¿Qué podía decir? Estaba desesperado. Esperé a que se fuera. Y entonces vi el cubo de basura de reciclaje que hay junto a la sala de informática.

Interrumpo este *flashback* con un dato acerca de las botellas de plástico: rebotan. Por eso ayudan a calmar los nervios. Pero eso significa que cuando arrojas una, es probable que choque con algo…

…y acabe en OTRO lugar…

…como ESTE: el ojo de la bestia.

Aquí lo tienen: ahora ya saben por qué el director me está gritando a voz en cuello.

Aquí termina el *flashback*...

Habrán notado el sarcasmo. No quiero parecer un llorón ni nada de eso, pero últimamente mi vida es una PORQUERÍA.

No es solo una cosa, son un montón. Y si las sumas, resulta en una montaña maloliente de…

—No quiero oír una palabra —me suelta muy rotunda—.
Tus «historias graciosas» suelen ser MENTIRAS.

Antes de que tenga tiempo de responder, Teddy se planta
a mi lado.

¡JA! ¿Has oído ESO, Godfrey? ¡Teddy confirma mi historia! ¿Y AHORA qué tienes que decir?

Si están llevando la cuenta, verán que el marcador va: Godfrey, uno; la verdad, cero. Supongo que cuando eres profesor, no te preocupan las cosas sin importancia. Como LOS HECHOS.

Vaya. Esta es OTRA de las razones por las que últimamente mi vida es una tortura. Gina está siendo más odiosa de lo habitual. ¿Ven esa sonrisita? Le ENCANTA verme en apuros. Para ella es como si fuera Navidad. Y, en los últimos tiempos, cada día es una fiesta.

Gina sonríe.

—Ni siquiera eres original —me susurra—. ¡Ayer me soltaste EXACTAMENTE el mismo insulto!

Me arden las mejillas. ES VERDAD. Estoy empezando a reutilizar mi propio material. Vaya. Incluso mis insultos huelen a rancio. NADA me sale bien.

Aunque tal vez la expresión más adecuada no sea «mala racha». Podríamos emplear «mala racha» en los deportes, como cuando el juego no va como deseas, a pesar de todos tus esfuerzos. Ya he pasado por malas rachas deportivas de esas y no acostumbran a ser nada grave. A no ser que tengas a un psicópata como entrenador.

No, esto es peor que una mala racha. Es mala suerte, eso es lo que es. Muy pero que MUY mala suerte. Y no sé cómo acabar con ella.

Por fin suena el timbre y mi pandilla y yo salimos de clase.

Parece tan abatido que no puedo sino esbozar una sonrisa. Es imposible estar enojado con Teddy.

—No ha sido culpa tuya —le digo—. ¡INTENTASTE cargar con las culpas!

—¡Como si no estuviera siempre así! —salta Francis.

—Tienes razón —respondemos los demás a coro.

—No puedo —gruño—. Tengo que hacer ese dichoso esquema.

Y me encamino hacia la biblioteca arrastrando los pies. Guerra de 1812, ¡allá voy!

—¡Levanta esos ánimos, Nate! —trina Dee Dee mientras recorro el pasillo—. ¡El día no ha hecho más que empezar! ¡Las cosas mejorarán!

—Seguro que SÍ —respondo.

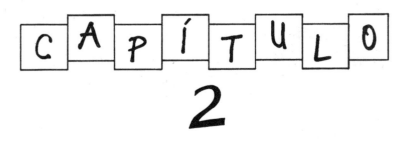

CAPÍTULO 2

—¡Nate! ¡Justo la persona que estaba buscando! —me dice la señorita Hickson cuando me ve entrar en la biblioteca.

Tengo ganas de decirle que últimamente NADA es de mi gusto. Con la suerte que tengo, si los tomo prestados...

¡SEGURO QUE ME LOS **ROBAN**!

—Esto... Gracias, pero ya les echaré un vistazo más tarde —le digo—. Antes tengo que hacer una cosa para la clase de estudios sociales.

—¿EN SERIO? —Las cejas casi se le saltan de la cara—. Bueno, por supuesto, Nate, adelante.

Genial. ¿Tenía que mostrarse TAN sorprendida? Puede que no sea muy aplicado, pero tampoco es que no haga nunca deberes en la biblioteca. Solo lo PARECE.

¡MIS ACTIVIDADES DE BIBLIOTECA PREFERIDAS!

1. FÚTBOL DE MESA

¡Patada!

¡PLUNC! ¡OU!

¡FLIC!

—¿Tiene algo sobre la guerra de 1812? —le pregunto.

—Puede que sí —me responde—. ¡A ver lo que encuentro!

Y se aleja hacia vete a saber dónde.

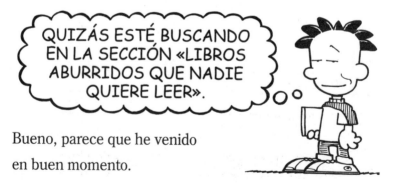

Bueno, parece que he venido en buen momento.

Cuando Hickey está de buen humor (como ahora), suele ser muy amable. Claro que, por supuesto, como cualquier profesor, también tiene su lado oscuro. Yo la he visto bastante enojada. No como GODFREY, pero tampoco se queda corta.

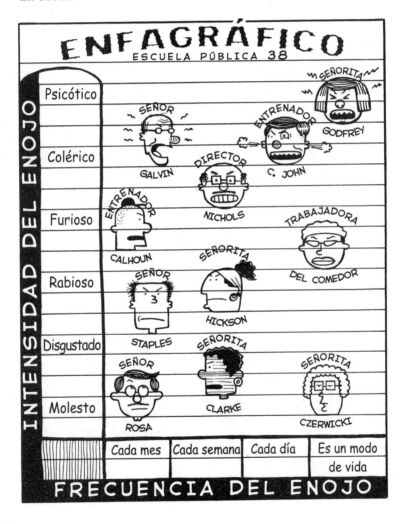

Y ahora regresa con un libro del tamaño de un montón de bandejas de comida.

Muchas gracias. Ya veo el titular: NIÑO APLASTADO POR UN LIBRO GIGANTE. No sé ustedes, pero yo trato de evitar leer cosas que pesan más que yo.

Aunque tiene toda la información que necesito. Solo tardo veinte minutos en rehacer el esquema. Cuando estoy a punto de irme...

Fíjense en eso: ¡son JENNY y ARTUR, la pareja más popular de la escuela! ¿Verdad que son monos? ¿Verdad que son adorables? ¿Verdad que son...?

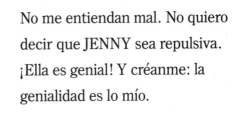

¿REPULSIVOS?

No me entiendan mal. No quiero decir que JENNY sea repulsiva. ¡Ella es genial! Y créanme: la genialidad es lo mío.

No, lo que me repugna es verlos JUNTOS, babeando como un par de cachorros enamorados. Vale, son una pareja. De acuerdo. Pero ¿tienen que ir exhibiéndose así?

¿Acaba de llamarlo «OSITO POOKIE»? Discúlpenme si me entran ganas de vomitar.

Artur no tiene nada que ver con el osito Pookie de Garfield. Podría hacer una lista de nombres que le encajan MUCHO mejor que ESE...

¡...Y VOY A HACERLA!

¿Cómo debería llamarlo?

¡Oh, Artur, eres INSERTAR EL NOMBRE AQUÍ!

¡Sí! ¡Es verdad!

- ♥ Un cubo de pedos
- ♥ Una tostada seca y dura
- ♥ Un ñoño
- ♥ Una uña enterrada
- ♥ Una babosa pegajosa
- ♥ Un vaso de jugo de ciruela caliente
- ♥ Un monito sudoroso
- ♥ Un grano de pus
- ♥ Un payasito triste
- ♥ Un provocador del vómito
- ♥ Un cangrejo de arena
- ♥ Una comadreja
- ♥ Un imitador de Nate
- ♥ Un cerebro de mosquito
- ♥ Un gallinita
- ♥ Un exnovio inminente

Seguro que al leer esta lista creerán que odio a Artur, pero la verdad es que me CAE BIEN. Es solo que a veces me fastidia. Y encima es el amorcito de Jenny.

—Sí, ahí estábamos, pero llegaron los de séptimo y empezaron a arrojarnos tacos —dice.

—Los de séptimo son odiosos —murmuro.

Chad asiente con la cabeza y dice:
—Dímelo a mí: ahora el pelo me apesta a guacamole.

Coge una silla y se sienta a mi lado.

—¿Qué estás haciendo? —me pregunta.

—¡Ooh! ¿Puedo aparecer en ella?

—¡Por supuesto! ¿Por qué no? —respondo—. Me encanta inventar nuevos personajes.

—¿Por qué te ríes? —me dice un poco dolido.

—Chad, no te ofendas, pero no tienes el perfil de supervillano, la verdad.

—Tienes razón —admite—. ¿Y como «leal compañero»?

—¡ES una idea genial! —exclamo—. ¡Ultra-Nate podría tener un compinche! —Y me pongo a dibujar.

A Chad se le ilumina la cara.

—¡Mega-Chad! ¡Me ENCANTA!

¿Y SI ME PONES UNA MÁSCARA?

—Vale —le digo garabateando una—. ¿Alguna otra sugerencia más?

Chad no me contesta y, cuando levanto la mirada del papel, me doy cuenta de que se está sonrojando.

¿PODRÍAS INCLUIRLA TAMBIÉN A **ELLA**?

—¿A quién? ¿A Maya? —pregunto sorprendido.

Chad asiente con timidez, rojo como un tomate.

—Quizá podría rescatarla, o salvarle la vida o algo así.

—Y se apresura a añadir —: Me refiero en tu cómic.

¡Vaya! Menuda noticia. No tenía ni idea de que a Chad le gustaba Maya.

—Vale, leal compañero —le digo inclinándome de nuevo sobre mi libreta—. Veré lo que puedo hacer.

—Sería genial —me dice Chad después de leer la historieta—. Quiero decir, tener poderes como estos.

—Puede que no podamos volar, pero podemos hacer algo que se le acerca —le digo—. ¡Sígueme!

Nos encaminamos al Rincón del Libro, donde hay un montón de pufs libres. Doy un vistazo de 360 grados para asegurarme de que no hay rastro de la Hickey.

—Échame una mano, Chad —susurro.

Chad me mira confundido.

—¿Qué vamos a hacer?

—Preparar una colchoneta de seguridad —le digo.

—¿Vas a saltar? —me pregunta con los ojos muy abiertos.

—Los superhéroes no saltamos, Chad —le recuerdo mientras me encaramo a una mesa—. ¡VOLAMOS!

Mira alrededor, hecho un manojo de nervios.

—Pero ¿y si nos ve la señorita Hickson?

Doblo las rodillas, preparándome para lanzarme al aire.

—Chad, ¡RELÁJATE! Los niños hacemos estas cosas continuamente y nunca nos pillan. ¡Hickey ni se enterará!

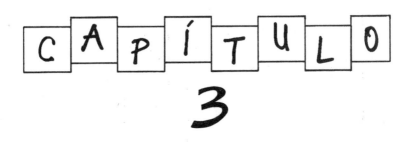

3

Oh-oh… ¿Puedo dar marcha atrás?

—¡Le has hecho un AGUJERO! —chilla Chad.

Sí, un agujero GIGANTE. La costura de uno de los pufs se ha abierto y...

Las bolitas de poliestireno se van acumulando en el suelo. ¡Menudo DESASTRE!

—¡Deprisa, Chad! —le susurro, tratando de volver a meter las bolitas en el agujero—. Tenemos que limpiar esto antes de que la Hickey...

Me lanza la MFM: la Mirada Furibunda Matadora.

Y entonces viene el audio.

—Nate, no está permitido armar ruido en la biblioteca —ruge.

Supongo que podría precisarle que técnicamente no ha estallado. Y si lo que quiere es que la biblioteca esté en silencio, quizá debería dejar de gritarme.

Después de airear la dentadura durante unos minutos, Hickey para para respirar. Contempla las bolitas de poliestireno que hay esparcidas por el suelo y

sacude la cabeza en cámara lenta con aire de reproba-
ción.

¡LOS PUFS NO CRECEN EN LOS **ÁRBOLES**, CHICOS!

¿Ah, no? Vaya, gracias
por la gran noticia de última hora. La voy a aña-
dir a mi lista de...

Y, como por arte de magia, hace aparecer una libretita rosa. Genial. Otra hoja de castigo para mi colección.

—Si te fijas, Nate, verás que la he firmado como «señorita Hickson» —me dice.

Chad parece aterrorizado. Creo que nunca lo habían castigado. De hecho, casi podría ser miembro de...

Sí, RECIBIÓ un castigo en una ocasión (gracias, Ben Franklin), PERO...

¡NO VOLVERÁ A OCURRIR! ¡NUNCA, NUNCA, NUNCA, NUNCA!

Hickey (quiero decir la señorita Hickson) alarga un dedo hacia el puf reventado.

—Esto hay que arreglarlo —anuncia.

LLÉVENSELO A LA SEÑORITA BRINDLE.

Chad enseguida se anima.

—¡La señorita Brindle! ¡QUÉ BIEN! —dice bajito.

48

Más tarde les explicaré por qué Chad es el mayor fan de la señorita Brindle. Ahora, no obstante, debemos ocuparnos de estas dichosas bolitas, que resulta que se han convertido en un AUTÉNTICO problema de electricidad estática: se pegan por todas partes.

Por no hablar del pelo y la cara... Estas cosas se agarran a TODAS partes. Al cabo de un par de minutos, los dos tenemos pinta de habernos sumergido en un océano de bolas de embalaje.

—¿Has oído eso? —susurra Chad emocionado.

Puede que Maya solo tratara de ser amable, o tal vez crea de verdad que Chad ES adorable. Sea como sea, me alegro mucho por él. Me siento un poco culpable de que lo hayan castigado cuando lo único que ha hecho es...

—¡Un momento! —le digo a Chad en cuanto Jenny y Artur ya están lejos—. ¿Cómo puede ser que yo parezca un IDIOTA y tú estés ADORABLE?

Se encoge de hombros, con una sonrisa en los labios, y me dice:

—Cuestión de suerte, supongo.

¿Suerte? Ya ni siquiera sé qué significa esa palabra. Hoy ya me las he visto con Godfrey, Nichols y Hickson. Tres de tres.

¿SERÁ LA SEÑORITA BRINDLE LA NÚMERO **CUATRO**?

Mientras Chad y yo llevamos el puf a su aula, aprovecharé para hablarles de la señorita Brindle. Da clases de «Destrezas para la vida», que en realidad no es una asignatura de verdad. Es más bien una

SOBRE LA SEÑORITA BRINDLE:
Su aula siempre huele
a canela.

¡MMMMMM!

SNIFF
SNIFF
SNUFF
SNUFF

mezcla entre un programa de cocina de la tele y una visita a casa de la abuela. No hay libro de texto ni deberes. Está solo la señorita Brindle contándonos todo tipo de cosas.

Algunas son aburridas...

...Pero otras son geniales.

En cualquier caso, he aquí algo que deben saber de la señorita Brindle: es la profesora más amable de toda la escuela. Así que si ella me grita...

Por ESO Chad es tan fan de la señorita Brindle. Es muy goloso y sabe que cada vez que entra en su aula, le da a probar galletas, o brownies, o...

A Chad se le desencaja la cara.

—¿C-col? —tartamudea.

¿NO TIENE... UM... OTRA COSA?

—Me temo que no. Lo siento, Chad —le responde la señorita Brindle con una sonrisa.

FORMA PARTE DE ESTE NUEVO PROGRAMA DE LA ESCUELA, LA «ZONA SALUDABLE».

¿QUÉ ES ESO DE LA «ZONA SALUDABLE»?

ÑAM ÑAM ¡ULP!

—El director Nichols les explicará todo en la asamblea de mañana —prosigue—. En lo que concierne a MI clase, significa que a partir de ahora prepararemos comida más sana.

—Oh —dice Chad, como si supiera que «comida más sana» es sinónimo de «cosas que ni siquiera le darías a tu hámster».

Y entonces la señorita Brindle se fija en el agujero que hay en el puf.
—¡Oh, Dios mío! —exclama.

—Al saltarle encima desde una mesa —añade Chad.
¡Eh! La Tierra llamando a Chad: ¿no has oído nunca la expresión «DEMASIADA INFORMACIÓN»?

Pero la señorita Brindle no se muestra sorprendida. Se limita a guiñarnos un ojo y nos dice:
—¡Me parece que necesitarán una lección de costura!

Nos enseña a enhebrar una aguja, a coser el desgarro y a ocultar las puntadas. En un abrir y cerrar de ojos, nuestro puf está como nuevo. ¡Eso es una profesora!

—La señorita Brindle es genial —digo mientras Chad y yo doblamos la esquina después de salir del aula.

—Trataba de ser amable —responde—. Pero ahora tengo la sensación de haber hecho gárgaras con un repollo.

Le echo un vistazo al reloj que hay en la escalera.

—Tenemos diez minutos antes de la clase de inglés.

En cuanto Hickey le da el visto bueno al remiendo del puf, corremos hacia la máquina expendedora que hay en la cafetería.

Nos quedamos un minuto allí plantados, como paralizados. Luego Chad consigue decir algo. Más o menos.

—Esto debe de tener que ver con la «Zona saludable» esa —digo, abatido.

—Bueno... esto... Tampoco tengo tanta hambre —balbucea Chad.

Sí, y yo me siento un poco mareado. Se acabaron las barras de caramelo. Se acabaron las golosinas. Y (trataré de decirlo sin perder los nervios) ¡SE ACABARON LOS GANCHITOS DE QUESO! Adiós a lo malo. Hola a lo peor.

Me doy la vuelta y veo que Dee Dee se me acerca a la carrera.

Está sin aliento.

—¡Por FIN te encuentro! —dice, respirando con dificul-
tad—. ¡Te he estado buscando POR TODAS PARTES!

—¿Y eso?

—Para darte un mensaje.

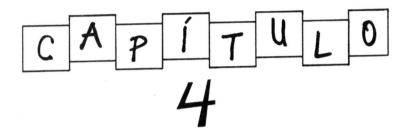

CAPÍTULO 4

¿Qué he hecho AHORA? Hoy ya he sido el saco de boxeo del director Nichols una vez. ¿Acaso me va a echar una bronca de nuevo…?

—Hola, señorita Shipulski —digo.

Es la secretaria de la escuela. Si ir al despacho del director tiene algo positivo, es gracias a ella. He aquí el porqué:

Un momento. Hablando de caramelos...

La señorita Shipulski me lee el pensamiento.

—Se acabaron los caramelos —dice—. Nos hemos convertido en un despacho sin azúcar.

¡Fiu! Salvado por el director. No se lo tome a mal, pero estos guisantes parecen cagarrutas de conejo.

—Nate —empieza a decirme el director Nichols después de cerrar la puerta tras de sí—. Ya debes de haber notado que hay algunos cambios en la escuela.

Sí, como que la máquina expendedora se ha convertido en un bufé de ensaladas. Pero, eh, no me está gritando. Supongo que ya debe de haber superado el incidente de la botella de plástico.

—Estaba pensando en anunciar esos cambios en la asamblea de mañana —prosigue.

¿Música? ¿Adónde quiere ir a parar? Y ¿por qué me lo cuenta a mí?

—Tú eres miembro de una BANDA, ¿verdad?

Sí, y para que lo sepa: no es solo que sea miembro de la mejor banda de rock de sexto grado de todos los tiempos, ¡es que la creé yo!

El director Nichols sigue con su discurso.

—Nate, esta asamblea es muy importante. Quiero transmitir nuestro mensaje de forma memorable.

—¡VAYA! ¿EN SERIO? —le suelto. Siento un hormigueo por todo el cuerpo—. Quiero decir... ¡SÍ! ¡Podemos hacerlo!

—¿De verdad crees que puedes componer una canción para mañana por la mañana? —me pregunta.

(Y, por cierto, no estoy fanfarroneando. Tardé menos de media hora en escribir nuestra última canción, «Este es un mundo de bolígrafos, y yo soy un lápiz del n.º 2».)

—No tendrás que inventarte la canción de la nada —me dice el director Nichols.

Bueno, no es precisamente material para el TOP 40, pero Atrapa el Mejillón puede darle chispa. Reuniré a los chicos después de clase y...

El director Nichols levanta una ceja y me pregunta:

—¿Algún problema?

—Um... Algo así — confieso.

—Mmmm…

El director Nichols se rasca la barbilla y luego me susurra:

—Entonces supongo que no me dejas opción, Nate.

No puedo creer lo que acabo de oír.

—¿EN SERIO? ¿Y el de Chad también?

—Eso depende —me dice con una sonrisa—. ¿Está Chad en el grupo?

—Um… Bueno, no del todo —admito—. Pero es algo así como nuestro mánager no oficial.

SOBRE CHAD:
Toca el oboe, pero solo se sabe la canción «Tres ratoncitos ciegos».

—Muy bien: les levanto el castigo a los dos... —Entonces se acuerda de quién es y, levantando el dedo, me advierte—: ¡SOLO POR ESTA VEZ!

Me largo de allí antes de que cambie de opinión. ¡Vaya, esto es INCREÍBLE! Ya verán cuando les cuente a los demás que nuestro grupo va a tocar mañana en la asamblea... ¡delante de toda la escuela!

Pero algo raro pasa: cuando se lo cuento a Chad (en clase de gimnasia) no parece nada sorprendido.

—¿Cómo? ¿Te refieres a tu patita de conejo de la suerte?

Sacude la cabeza y entonces se saca algo del bolsillo.
—No, es solo un pie: ¿ves?

Esto... vale. No quiero ser aguafiestas, pero eso no es más que un pedazo de plástico con forma de pie.

—¿Qué te hace pensar que trae suerte? —le pregunto.

Por segunda vez en el día de hoy, Chad se pone colorado.

—Bueno… En cuanto lo he recogido del suelo…

No, no funciona, Romeo. Me alegro mucho de que Chad y Maya estén de camino hacia Villafelicidad, pero ese piececito de plástico no ha tenido nada que ver con eso.

Los amuletos de la suerte auténticos escasean.

¡NO PUEDES **FABRICARTE** UNO ARRANCÁNDOLE UNA PIERNA A UN **SOLDADITO**!

Pero me olvido de todo eso hacia las 3:15, cuando los cuatro miembros de Atrapa el Mejillón nos reunimos en el garaje. Y estamos en plena efervescencia.

—Nate —me pregunta Artur—, ¿dónde está la hoja de la «Zona saludable» que te ha dado el director Nichols?

Mientras, Francis, Teddy y yo empezamos a calentar cantando una de nuestras mejores canciones: «Por qué le llaman "Comida caliente" si mi bistec está siempre tan frío». Suena bien, pero…

Los tres salimos afuera y... ¡Eh! ¿Qué pasa? Se aleja por la acera.

—No muchas ganas de cantar —masculla. En los ojos tiene una expresión que no había visto nunca.

—Artur —le digo, un poco enojado—. Estamos perdiendo tiempo. ¿Qué problema tienes?

Nota para mí mismo: la próxima vez que hagas una lis-

ta de apodos para Artur, ¡DESTRUYE LAS PRUEBAS!
Me meto la lista en el bolsillo.

—Esto no significa nada, Artur —le aseguro—. Era
una broma, eso es todo.

—Sí. Muy divertido —me suelta—. Salvo que no ver
que nadie se esté riendo.

Nos da la espalda y se va.

—¿Y qué pasa con Atrapa el Mejillón? —le grita Francis.

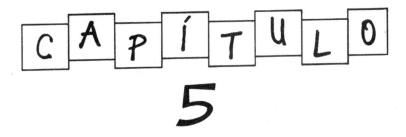

CAPÍTULO 5

Fantástico, Artur. Nos deja plantados el día antes de nuestro gran debut. Vale, puede que la lista fuera un poco hiriente, pero...

Francis escanea la hoja de papel que acaba de costarnos a nuestro cantante.

—Yo también sería sensible… —dice.

—Pero ¡todos lo hacemos! —protesto—. Los tres siempre nos damos apodos.

Francis asiente con la cabeza.

—Supongo que tienes razón…

—¡Los dos son unos mentecatos! —nos dice Teddy—. Están aquí, discutiendo…

Tiene razón. Volvemos al garaje. Supongo que debería estar haciendo mi trabajo sobre la guerra de 1812, pero ¿para qué devanarse los sesos con la batalla de Lasnarices cuando puedes escribir un hito de rock clásico titulado…?

Todos acordamos que cante yo. Tanto Francis como Teddy tienen dificultades en este ámbito.

DIFICULTAD DE FRANCIS	DIFICULTAD DE TEDDY
Su voz ha sido declarada desastre natural.	Es demasiado nervioso para cantar y tocar a la vez.

Horas más tarde, decidimos poner punto final al ensayo.

—¿Crees que estamos listos? —pregunta Francis.

—Sí, lo estamos —respondo.

Nunca había imaginado que nuestro gran debut sería en la cafetería, con una canción sobre dietas y ejercicio. Y siempre creí que cuando nos hiciéramos famosos, Artur estaría allí con nosotros. Me siento un poco mal, la verdad. Pero ahora mismo no puedo preocuparme por eso.

¡TENGO QUE CONCENTRARME EN **MAÑANA**!

ATRAPA EL MEJILLÓN

¡LO MÁXIMO!

¡HOLA, fans de la música! ¡Soy **TOMÁS DESONIDO**!

¡Y yo soy **MAX BAFLE**, en DIRECTO desde la asamblea de la **ESCUELA PÚBLICA 38**!

Vale, ya lo sé: no creo que haya cazadores de talentos por los pasillos de la escuela...

Las asambleas siempre se celebran a primera hora. Así que, a la mañana siguiente, lo primero que debemos hacer es montar el equipo. De camino a la cafetería, nos tropezamos con el Show de Marcus.

Ese es Marcus Goode. Está en séptimo y es muy popular. No estoy seguro de por qué, la verdad. Pero si Marcus te da su aprobación, es como si te tocara la lotería. (Al menos eso he oído. A los de sexto grado no nos dirige la palabra.)

SOBRE MARCUS:
Empezó a ponerse suéteres vintage de hockey para ir a la escuela y ahora TODO EL MUNDO los lleva.

¡Vaya! ¿Nos está hablando? Creía que Marcus ni siquiera sabía que estábamos vivos.

—Esto... ¡sí! ¡Sí, vamos a tocar! —le respondo.

Asiente con la cabeza, satisfecho, y me dice:
—Es genial. Quizá por una vez esa asamblea no será un total aburrimiento.

Francis se ríe como un gato que trata de escupir una bola de pelo, pero Marcus no parece darse cuenta.

—¿Han oído eso? —susurra Teddy, muy emocionado —. ¡Nos ha llamado «socios»!

—Y hemos chocado los puños —añado —. ¡Lo máximo!

Además, parece que mi mala suerte se ha TERMINADO oficialmente. Estaba bastante convencido de eso. Ahora, con la aprobación de Marcus, alias El Popular...

¡Ah! ¡JENNY! Quizá quiere desearme suerte antes del concierto.

O quizá no.

—Me ha dicho que había dejado el grupo, pero no quiere explicarme el porqué —me dice—. ¿Qué PASÓ?

Vaya. Es evidente que Artur no le ha hablado a Jenny de la lista. Se me hace un nudo en el estómago. Ojalá nunca hubiera hecho esa cosa tan horrible. ¿Cómo voy a aclararle por qué nos ha dejado sin parecer un desalmado?

Oh… Empiezo a sentirme horrorosamente culpable.

Al final mascullo:

—Sí, bueno… Esto… Hablaré con él.

Sí. Al final me DESEÓ buena suerte. Así que ¿por qué me siento peor que una serpiente en una alcantarilla?

De repente, la asamblea ya no me entusiasma tanto como antes. Pero el *show* debe continuar. Empezamos a calentar motores mientras los niños van entrando en la cafetería. El director Nichols golpea el micro con el dedo.

Al principio, solo estoy pendiente de que no se equivoque con el nombre del grupo. Luego, cuando estallan los aplausos entre las gradas, empiezo a sentir un cosquilleo en la piel. Toda la escuela (profesores, alumnos, TODO EL MUNDO) está aquí. En efecto: ¡ESTE ES NUESTRO GRAN MOMENTO!

Francis toca el primer acorde y Teddy se encarga de la introducción. Y entonces los dos me miran. Yo abro la boca y...

Nada. Quiero decir, CERO.

Lo intento. Pero no puedo. Es como si tuviera la boca llena de aserrín. Y el corazón me golpea las costillas. ¿Y mi cerebro? Paralizado: no funciona.

PERO ¡MI VOZ DA **PENA**!

¡ES LA VOZ QUE TENEMOS! **¡VAMOS!**

¿TRAS SUBIR LAS ESCALERAS
SIN ALIENTO TE QUEDAS?
¿TE GUSTA PASARTE LOS DÍAS
HARTÁNDOTE DE PORQUERÍAS?

¿A VECES MIRAS LA TELE
TIRADO COMO UN PELELE?
¿Y ENTRAR EN LOS PANTALONES
ES UNA DE TUS AFLICCIONES?

¡OOOH, YA ES HORA DE CAMBIAR DE VIDA
Y HE AQUÍ TU PUNTO DE PARTIDA!
HOY ES UN DÍA MEMORABLE:
NUESTRA ESCUELA ES AHORA UNA

¡ZONA SALUDABLE!

Francis canta un par de estrofas más acerca de comer brócoli y hacer deporte, pero apenas los oigo. Ni siquiera presto atención a mi batería. Solo me concentro en tratar de no vomitar.

Se oyen algunos aplausos corteses. Y, si alguna vez han formado parte de un grupo de rock, sabrán que los aplausos corteses son como besar a tu hermana. Bajamos del escenario y salimos al pasillo.

Las puertas de la cafetería se abren, una oleada de niños sale de ahí... y fíjense en quién encabeza el grupo: Marcus.

Se detiene justo delante de nosotros y los demás lo imitan. Está claro que todos están ansiosos por oír lo que opina de los peores cinco minutos de nuestras vidas.

Eso lo convierte en oficial: somos el hazmerreír de la escuela. Al salir de clase, Francis y Teddy también tienen que soportar parte de las burlas, pero el blanco de las burlas soy yo. Al fin y al cabo, soy el que ha estado a punto de mearse en los pantalones ahí arriba.

Parece que este día no se acaba nunca. Si alguien vuelve a preguntarme dónde tengo el botón de silencio, le meteré la baqueta de la batería por la nariz. Y entonces suena el timbre. POR FIN.

Señoras y señores, Atrapa el Mejillón ha abandonado el edificio.

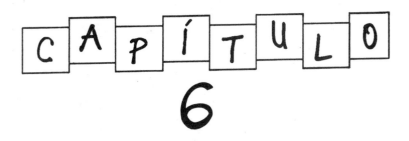

CAPÍTULO 6

Ha pasado ya una semana, pero todo el mundo sigue fastidiándome con el asunto de la asamblea. (Por cierto, L.T. quiere decir «Lengua Trabada». Desternillante, ¿no?)

—No les hagas caso, Nate —me dice Dee Dee mientras comemos hamburguesas de tofu (no es broma) y estofado con tres clases de frijoles—. Hay mucha gente que se ha quedado en blanco en el escenario. ¡Incluso yo!

¡Vaya! Dee Dee sin decir nada. Cuesta imaginarlo.

Ya sé que solo trata de hacerme sentir mejor, pero lo que me martiriza no es solo la vergüenza que pasé.

SUSPIRO

CATÁSTROFES

COMIX DE LA VIDA REAL DE NATE

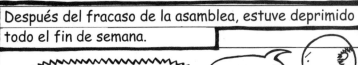

Después del fracaso de la asamblea, estuve deprimido todo el fin de semana.

¡Bienvenidos de nuevo al *JUEGO DE LAS CELEBRIDADES*!

¡NATE!

LO QUE DIJO PAPÁ	LO QUE YO OÍ
NO ESPERES a hacer los deberes en el último momento.	¡Gloff nork glooble shnik frup blupp plorst munkie!

Así que, el lunes por la mañana: *¡DESASTRE!*

¡¡RRRINNGG!!

¡Puaj! Ahora toca estudios sociales.

ENTRÉGUENME LOS TRABAJOS, ¡VAMOS!

¡AAAH!

Esto es ser buen padre: tu hijo llega a casa con unas notas estupendas (salvo la D de estudios sociales, tiene B en todo y una A en dibujo), ¿y tú no le dices nada? No. ¿Por qué estropear un momento de colapso total con una alabanza?

Papá estaba tan enfadado que ni siquiera me castigó enseguida. Dijo que necesitaba tiempo para buscar «la reacción adecuada». Traducción: quiere verme sufrir un poco.

Nunca había sacado una D hasta ahora, así que supongo que debe de haber sido un golpe fuerte para papá. Pero ¿qué piensa hacer? ¿Sacarme del equipo de fútbol? ¿Obligarme a comer ensalada de huevo a diario durante el resto de mi...?

Parece que Marcus ha introducido otra moda. La camiseta de hockey ya es historia. Ahora se pasea con una de baloncesto. Y todos sus seguidores, también.

—¿Qué haces con esa botella, campeón? —pregunta. Y, por cierto, este «campeón» no ha sonado muy amable.

¿ESTA...? OH... BUENO... ES QUE... ME RELAJA, ¿SABES?

Marcus se rasca la barbilla.

—Tiene mucho sentido —les dice a todos los lamebotas que lo rodean—. ¿No les parece, chicos?

POR SUPUESTO, MARCUS. ¡LO QUE TÚ DIGAS!

¡TIENES RAZÓN, MARCUS!

¡SI TÚ LO CREES ASÍ, YO TAMBIÉN! ¡TÚ ERES EL GUÍA, MARCUS!

—Sí —prosigue—, tiene mucho sentido...

Me arden las mejillas cuando Marcus y sus fans se alejan, mientras sus risas resuenan en mis oídos. Menudo...

—IMBÉCIL —murmura Dee Dee al levantarnos de la mesa—. ¿Por qué se mete tanto contigo?

—Una diana no sé —dice Dee Dee.

Genial. Ahora tengo una COLA. Aquí hay chicle suficiente para estirarlo hasta Alaska. Que es justo donde me gustaría estar ahora mismo. En CUALQUIER LUGAR que no fuera este.

Salimos de la cafetería tan deprisa como podemos y nos encontramos con Francis y Teddy.

—Nada —gruño—. Otro desastre.

—Oh, hablando de desastres... —dice Francis.

Chad se saca algo del bolsillo y me lo entrega.

Es el piececito de plástico que Chad encontró la semana pasada.

—¿Tu amuleto de la suerte?

Chad asiente.
—¿Estás pasando una mala racha, verdad?

Levanto la mirada, pensativo.
—Podríamos decirlo así.

—¡Entonces cógelo! —me dice—. ¡A mí me ha funcionado!

Vale, ya sé lo que dije la semana pasada: que probablemente no es un amuleto de la suerte AUTÉNTICO. Pero tal como me están yendo las cosas...

A todos nos gusta la clase de educación física, pero solo cuando la da el entrenador Calhoun. Los martes y los jueves tenemos al entrenador C. JOHN. Y hoy es jueves.

Todos entramos deprisa en el vestuario. Mientras espero que los demás acaben de cambiarse, me meto el piececito de Chad dentro del calcetín. Eh, ¿por qué no?

El entrenador C. John le pega un buen soplido a su silbato y grita:
—¡Todos alineados para una sesión de jazzjercicio!

Puaj. Jazzjercicio (alias ejercicio de tarados) es una lata. Estamos media hora plantados en el mismo sitio haciendo pasos de baile que dan pena. Parece una audición para el peor video musical de la historia.

—¿Por qué no podemos jugar al baloncesto? —pregunta alguien.

PORQUE LO DIGO YO.

Sí, claro, y también porque si jugamos al baloncesto, tiene que arrastrar su barrigota por la cancha y arbitrar el partido. En cambio, si hacemos jazzjercicio, se pasa la clase haciendo crucigramas y escuchando música. ¿A alguien se le ocurre una palabra de diez letras que sea sinónimo de «vago»?

Me tiene harto. ¿Por qué el entrenador C. John tiene que decidir siempre lo que hacemos? ¿Por qué no decidimos los demás? ¿No puede alguien protestar? Alguien como...

El entrenador C. John entorna los ojos.

—¿Cómo dices? —gruñe.

Ya no hay marcha atrás. Trago saliva.

—Ahora la escuela es una «Zona saludable». Y el baloncesto es un entrenamiento mucho mejor que el jazzjercicio.

Al principio el entrenador C. John no dice nada. Quizá se ha quedado pasmado al ver que un alumno le ha plantado cara. O tal vez se esté tirando un pedo silencioso. Es difícil de decir.

Al final, coge la pelota de baloncesto del estante.

—Bueno, ¡me parece razonable! —exclama con la más falsa de sus voces falsas—. Estaré encantado de dejarlos jugar al baloncesto...

¡... SI **HACES** ALGO POR **MÍ**!

—Um... Está bien —respondo con cautela—. ¿Como qué?

—Nada difícil. —Esboza una sonrisa y añade—: Lo único que tienes que hacer es encestar. ¡Bastará con una canasta!

¡... DESDE EL **MEDIO DE LA CANCHA**!

¡... **DE ESPALDAS**!

¡... CON LOS **OJOS CERRADOS**!

¡UF!

BUMP!

—Es justo, ¿no te parece? —pregunta.

Claro. Justo para él. Es una apuesta tramposa. El entrenador C. John sabe que no puede perder.

—Ahora bien, si fallas, ¡harán jazzjercicio durante un mes! —prosigue, guiándome hacia el centro de la cancha—. Pero estoy seguro de que puedes hacerlo…

Suerte dice. Genial. Justo lo que me SOBRA últimamente.

Tengo las palmas de las manos más sudadas que los sobacos del entrenador C. John. Les echo un vistazo a mis compañeros y veo a Chad levantando el pulgar. Me acuerdo de su piececito. Si esta cosa trae algo de suerte, ahora es el momento de demostrarlo. Le dedico una última mirada a la canasta, vuelvo la cabeza, cierro los ojos...

...y hago mi mejor lanzamiento.

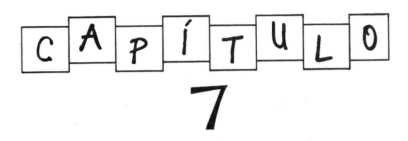

7

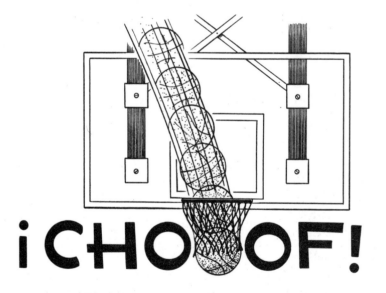

¡CHOOOF!

La pelota se mete en la canasta como guiada por control remoto. Ni siquiera roza el aro. Apenas toca la RED.

En el gimnasio todos saltan de alegría salvo dos personas:

el entrenador C. John...   ...y Dee Dee.

Es como un MILAGRO. Durante un microsegundo, me entran ganas de restregarle mi victoria por la cara...

... pero no lo hago. No estoy loco. Además, me acuerdo de una de las máximas de la abuela de Chad:

«¡NO PROVOQUES A LA BESTIA!».

«¡PODRÍA **MORDERTE**!».

O también podría obligarte a hacer sentadillas hasta que te entren ganas de vomitar. ¿Me apetece probar DE NUEVO ese estofado con tres clases de frijoles? (Respuesta. Empieza por «N» y rima con «yo».)

Así que actúo como si encestar desde la mitad de la cancha, de espaldas y con los ojos cerrados no fuera gran cosa, y nos pasamos la hora que queda (lo siento, Dee Dee) DIVIRTIÉNDONOS de verdad.

Más tarde, de camino hacia la clase de mates, Chad se me acerca.

Les enseño el pie a los demás. Francis frunce el ceño. Todos conocemos esa mirada. Y aquí viene uno de los comentarios de Listillo Sabelotodo.

—No hay ninguna prueba de que los así llamados amuletos de la suerte tengan ALGÚN efecto en los acontecimientos de la vida real —anuncia.

—Nate podría haber hecho ese lanzamiento sin ese pie de plástico —señala Francis—. Para creer que es un amuleto de la suerte de verdad...

Entramos en el aula de matemáticas y tomamos asiento. El señor Staples agita los brazos para que callemos. Y entonces...

Un momento… ¿QUÉ? Ya hicimos un examen el pasado jueves. ¿Esto no es ilegal? ¿O inconstitucional? ¿O ALGO?

Lástima que Francis esté tan lejos, que si no, le daría un buen cocotazo. Pero puede que tenga razón: quizás el pie de Chad es solo... un pie.

—Tienen treinta minutos para responder el examen —nos dice el señor Staples—. Pueden empezar... YA.

Algo va mal. ¿De dónde han salido estos problemas de mates? ¿De Plutón? Los demás también parecen confundidos. Incluso Gina está perdida.

—¿Ah, no? —dice el señor Staples, muy sorprendido. Se dirige al escritorio que le queda más cerca—. Mark, ¿me dejas echarle un vistazo a tu examen?

—No me refiero a ti, Mark —se apresura a añadir. (Hecho verídico: en realidad Mark es un idiota. Y también tiene un problema serio con la cera de los oídos).

En cuanto cierra la puerta tras de sí, la clase se llena de murmullos.

Solo para que lo sepan: M.P.P. significa Metida de Pata del Profe, y ocurre más a menudo de lo que creerían. Al fin y al cabo, los profesores son humanos. O casi. Cada vez que un profe hace una M.P.P., los alumnos no nos perdemos detalle.

La puerta se abre. El señor Staples está de vuelta, visible-
mente agitado.

—Bueno —dice—, tendremos que dejarlo para otro día.

Así que mates ha sido pan comido. Y en ciencias nos es-
peran más buenas noticias. El señor Galvin ni siquiera
está allí.

Después de clase, prácticamente salgo de la escuela flotando.

—¡Ni examen de mates ni señor Galvin! —le digo a Francis alardeando—. ¿Qué piensas AHORA del pie de Chad?

—Aún no estoy convencido —responde—. Esos fueron momentos de suerte, pero para TODO EL MUNDO.

No tengo ni idea de quién es esta mujer, pero está claro de que se alegra de VERME.

—¡Eres MARAVILLOSO! —me dice muy efusiva—. ¿Dónde la has ENCONTRADO?

—Aquí mismo, en el césped —le respondo, entregándosela.

Me sonríe de oreja a oreja y exclama:

—¡Bendito seas, jovencito! ¡Este colgante es IRREEM-PLAZABLE!

—¡Qué romántico! —suspira Dee Dee.

La mujer está tan contenta que me alegro de haber encontrado el collar. Y, al cabo de unos segundos, me alegro aún MÁS.

—Y no aceptaré un no por respuesta —me dice.

Por supuesto, no tiene ni idea de que ni siquiera se me ha pasado por la cabeza negarme a aceptarlos.

—¡Vaya! —tartamudeo—. ¡GRACIAS!

—Vale, vale. Este pie funciona —se ríe Francis—. No puedo discutir con los veinte dólares.

—Yo tampoco. ¡Vamos, chicos! —digo agitando el billete por encima de la cabeza.

Intercambiamos varios chistes tontos sobre tofu hasta que Dee Dee cambia de tema.

Como siempre, sutil como un mazo.

Chad no le responde. No hace FALTA: sus mejillas se han puesto rojas como un tomate.

—Creo que deberías invitarla a salir —prosigue Dee Dee—. Harían una pareja genial.

—Pisa el freno, Cupido —dice Teddy—. Se lo pedirá cuando esté preparado. ¿Verdad, Chad?

CAPÍTULO 8

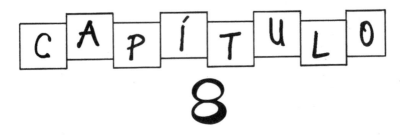

Chad no se mueve. Se ha quedado ahí pa-ralizado, como un gnomo de jardín pelirro-jo. Y entonces comprendemos por qué.

Marcus y su espectáculo ambulante están jugando a la pelota al otro lado de la calle. Todos los niños que lo acompañan son de séptimo... salvo uno.

—¡Y yo también! —musita Chad.

Se le ve más pequeño que el tobillo de una hormiga.

Tranquila, Dee Dee. No hace falta que te conviertas en la reina del drama. Esta es la tragedia de Chad, no la tuya.

Además, sé exactamente por qué Maya está haciendo buenas migas con Marcus: él es de séptimo. Las niñas crecen más deprisa que los niños. (Esto nos lo enseñó el entrenador C. John en «Salud e higiene». Ese día el tema era «Cómo cambia nuestro cuerpo». Fue raro, la verdad.)

El caso es que descubrimos que, en realidad, las niñas de sexto acostumbran a tener la edad de los niños de séptimo, en cuanto a madurez se refiere. Lo cual significa que los niños de sexto somos los últimos en...

No siempre ocurre así (ejemplo: Jenny y Artur), pero es muy habitual. Nadie se extraña cuando a una niña de sexto le gusta un niño de séptimo. Nadie excepto Chad.

—¡Chad, espera! —le grito—. Te invito a un Rompetripas.

—No, gracias —responde—. Me había olvidado de que... esto... le había dicho a mi madre que iría directo a casa después de clase.

Me dirijo a casa a toda velocidad. Con las vibraciones de la buena suerte flotando por todas partes, me he olvidado por completo de lo que papá me ha dicho esta mañana.

¿Saben qué es peor que tener cita para que te machaquen? Llegar tarde.

—¿Olvidado? ¿Yo? No...

Uy. No sé qué pretende con todo esto, pero al menos no parece que vaya a darle ningún ataque. Y mientras esta lectura no tenga que ver con una de esas insoportables novelas sobre supermodelos vampiras de Ellen, me parece bien.

En todos los años que llevo dando clases, nunca me había encontrado con un alumno tan indisciplinado. No presta atención, acostumbra a molestar en clase y se preocupa más de gastar bromitas que de hacer los deberes.

—Genial. A la vieja Aliento de Dragón se le dan bien las palabras —refunfuño.

—En realidad, no es la vieja Alien... quiero decir la señorita Godfrey quien ha escrito esto. Lo escribió la señorita Brodie.

Me quedo con la boca tan abierta que la mandíbula inferior me llega a las rodillas. ¿QUÉ?

—¿Te cuesta imaginarme como alumno de sexto? —me pregunta mi padre con una sonrisa.

¿Que si me cuesta? Me resulta IMPOSIBLE. Ni siquiera logro imaginármelo con cabello.

—Nate —me dice—. Tengo que hacerte una confesión.

MIRA... YO NO ERA EXACTAMENTE UN ESTUDIANTE DEL CUADRO DE HONOR.

¿En serio? ¡Vaya! ¡Quizá deberíamos tener este tipo de conversaciones padre-hijo más a menudo!

—No es que no lo intentara —se apresura a añadir—. Es solo que, a veces…, bueno, a veces…

¡...PASABAN COSAS!

EXACTO.

Y COMPRENDO QUE A TI TAMBIÉN TE OCURRA LO MISMO.

Levanto la mirada y digo:

—¡No me lo tienes que decir!

(Vaya. Sabía que vendría un «pero».)

—No me parece nada bien que hayas suspendido estudios sociales —me dice adoptando la actitud del «policía malo»—. Está claro que tienes que dedicar más tiempo a los deberes.

Eh, ¿de qué voy a quejarme? Teniendo en cuenta la bronca que PODRÍA haberme echado...

Al menos, esa ha sido mi PRIMERA reacción. Pero, al cabo de unas horas, después de cenar (¿a alguien le apetece una «pulpeta festiva»?), de hacer los deberes (odio a quien inventó las fracciones) y de darme una ducha (gracias por haber usado toda el agua caliente, Ellen), empiezo a darme cuenta de que va a ser más duro de lo que creía.

Quiero decir que crear cómics es mi VIDA. Dibujo cada noche antes de acostarme. Sin dibujar, ¡no puedo DORMIRME!

Al arrojar los pantalones dentro del armario, el pie de Chad se sale del bolsillo. Uau. De repente mi mente empieza a hacer conexiones.

Papá ha dicho que no puedo dibujar en mi LIBRETA. No ha especificado que no pueda hacerlo en OTRO sitio.

¡Como los zapatos, por ejemplo! Y resulta que los bolígrafos funcionan de maravilla sobre las zapatillas de tela. Salvo que, al cabo de una hora, mis zapatillas talla 36 ya no son unas zapatillas cualquiera: ¡son originales de Nate Wright!

Al día siguiente, en la escuela, Dee Dee es la primera en darse cuenta (es una especie de friki de la moda).

Y como la voz de Dee Dee se oye más fuerte que un martillo neumático, los demás no tardan en apiñarse alrededor.

Una niña llamada Shauna exclama:

—¡Marcus, fíjate en las zapatillas de Nate!

Marcus se acerca con paso tranquilo, baja la mirada hacia mis pies y resopla:

—¡Vaya! ¡Ha cogido un par de zapatillas baratas y ha dibujado encima!

Todos murmuran y apartan la mirada de mis pies para clavarla en Marcus. Luego Shauna dice por lo bajo:

—Sí, pero...

Todos asienten con la cabeza. Otros niños se acercan, empujando a Marcus para observar mis zapatillas más de cerca. Él se encoge de hombros, vacilante, y luego mira alrededor en busca de su séquito.

Y se aleja. Pero el grupo de niños que lo sigue no es tan numeroso como de costumbre.

Teddy se me queda mirando con los ojos como platos en cuanto los demás se han marchado.

—¡Oye! ¿Sabes lo que esto significa?

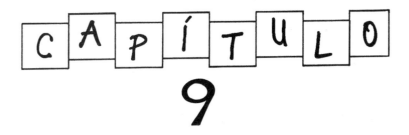

9

La fiebre de las zapatillas ha empezado. A la hora de la comida, la mitad de los niños de la escuela han personificado sus zapatillas como las mías.

—¿Has oído eso? —me dice Francis al sentarse a la mesa.

—La verdad, yo creo que eres más bien un adjetivo —opina Teddy—. Ya sabes, palabras DESCRIPTIVAS.

Me fulmina con la mirada mientras se frota la cabeza.

—Creía que habías dicho que golpearte con una botella de plástico era agradable.

—Y lo ES, Einstein —le digo—. Pero solo si la botella está VACÍA.

No sé cómo se llaman, pero reconozco a estos niños. Son alumnos de séptimo. Y son de los que aspiran a pertenecer al séquito de Marcus.

—Claro —le digo entregándole la botella.

—Bueno… Estamos probando la botella de Nate, Marcus
— tartamudea el muchacho llamado Jeremy.

—Pues pareces un idiota — se burla Marcus —. ¡Para ya!

Marcus parece fastidiado.

—¡Genial! ¿Quieren imitar a un mocoso de sexto?

Cuando Marcus se aleja, Dee Dee interviene.

—¿Puedo unirme a la fiesta? —pregunta.

¿... O NECESITO **PEDIR CITA** PARA SENTARME CON EL **_SEÑOR CHÉVERE_**?

—¿Qué se supone que quiere decir eso? —le digo.

Dee Dee levanta la mirada con exasperación.

—¡Los niños son tan burros! —suspira—. ¡Mira alrededor!

—¡Te están imitando! ¡Has CREADO una moda!

—Ya, pero no era mi intención. Es solo que... bueno... todo ha sido... ha sido...

¡HA SIDO EL PIE DE LA SUERTE!

¡NATE LO HACE TODO BIEN!

Bingo. No había hablado demasiado del pie porque no quería echarle mal de ojo, pero... ¡FÍJENSE en todo lo que ha ocurrido desde que Chad me lo dio! Hice esa canasta milagro-

sa en el gimnasio. Una mujer me dio veinte dólares. Y
ahora niños a los que ni siquiera conozco me preguntan:

Conclusión: esta es la mejor racha de buena suerte de
toda mi vida. Y probablemente de la vida de cualquiera.
Y aún sigue. Soy oficialmente...

—Bueno… ¿Qué vas a hacer hoy? — pregunta Teddy a la mañana siguiente de camino a la escuela.

Vaya. ¿Escuchan el sarcasmo? Probablemente está harto de verme representar a Leprechaun el Suertudo veinticuatro horas al día los siete días de la semana. No lo culpo. Yo solía sentirme igual con respecto a...

Sí. Artur. Me han pasado tantas cosas últimamente que casi me he olvidado de nuestro pequeño... esto... «incidente».

—¿Puedo hablar un momento contigo?

Silencio.

—Vale —dice al cabo de un rato.

Luego... otro silencio. De repente, mis cuerdas vocales tienen un ataque de pereza. Sé lo que quiero decirle, así que... ¿por qué no me salen las palabras? Me meto las manos en los bolsillos y acaricio el pie de plástico de Chad. Vamos, pie. Ayúdame.

—No sé por qué lo hice —le aseguro—. Bueno, puede que en PARTE SÍ, pero...

—Nate —me dice Artur levantando la mano—. No tienes que explicarme nada. Comprendo por qué lo hiciste.

A VECES TI DESEAS SER YO.

Eso duele. Eh, gracias por ser tan sincero, Artur. ¿Qué tal si la próxima vez lo eres un POCO menos?

—Sí. Conozco esta sensación —prosigue.

PORQUE A VECES MÍ DESEO SER TÚ.

Vaya, ESTA no me la esperaba.

—Esto... ¿Ah, sí? —le pregunto tratando de parecer relajado—. ¿Y eso?

Ahora es Artur quien se lleva una sorpresa.

—¿Acaso no es OBVIO, Nate? —me dice.

¡Vaya! Debo admitir que siempre he pensado que mi vida era súper chévere, pero nunca se me había ocurrido que Artur también lo creyera.

—Siempre estás en medio de situaciones divertidas —me dice riéndose un poco.

—Sí. Como la ASAMBLEA —gimo.

Artur me sonríe de oreja a oreja. Creo que esto es un sí.

—¡Vamos! —le digo.

—¿Qué es el Día Deportivo? —le pregunto.

—Otro elemento de nuestro programa de la «Zona saludable» —aclara el entrenador—. Toda la escuela partici-
pará en una competición atlética amistosa.

—Esto no es una competición de baile, Pies Ligeros —le digo—. Es una competición de DEPORTE.

—Vale, es que resulta que a mí me gustan las actividades que no son tan EXTREMAS —responde aspirando por la nariz—. ¡En el jazzjercicio no hay ni ganadores ni perdedores!

—No sé qué decirte —confieso.

—Dee Dee tiene razón, Nate —opina el entrenador.

—¿Lo ves? El entrenador está DE ACUERDO conmigo —me suelta Dee Dee cuando el hombre se ha marchado—. ¡No IMPORTA quién quede primero!

Oh-oh. ¡Problemas a la vista!

—¡El Día Deportivo los de séptimo les vamos a dar una paliza a los de sexto! — se pavonea Marcus.

—Sí, soy de acuerdo — confirma Artur, muy directo —. Porque son un año MAYORES.

Marcus suelta una risita.
—No, porque los de sexto dan PENA.

—¿Por qué apuestan? —trina Dee Dee—. El entrenador dijo que no se trataba de ganar o perder, sino de estar en forma.

—Y tiene razón —dice Marcus con un resoplido—. ¡A los de sexto les hace FALTA ponerse en forma!

—¡Eh, bola de sebo! ¡Ven aquí! —grita Marcus.

—¿Y-yo? —pregunta Chad.

Chad se sonroja.

—Yo no me llamo así. Me llamo Chad.

Pero Marcus no parece impresionado.

—Muy bien, Chad...

—Déjalo en paz —gruñe Dee Dee.

Marcus levanta las manos, como si no hubiera roto nunca un plato y dice:

—Eh, que solo estaba manteniendo una conversación amigable con Chad. Además...

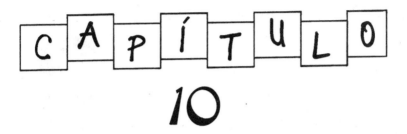

Marcus se ha quedado pasmado. Todos lo estamos. Nadie había oído nunca a Maya levantando la voz. Pero, eh, siempre hay una primera vez para todo.

—¡Vale! ¡VALE! —masculla Marcus—. Tampoco tienes por qué ponerte así.

Maya se zafa de él.

—¿Por qué quieres llevarme contigo a todas partes? —lo suelta, muy enfadada.

—¡Tú no! —exclama Marcus y, alargando la mano hacia los demás, añade—: ¡Me refería a todos estos perdedores!

—¡NO dan pena, y NO son perdedores! —exclama Maya, con voz temblorosa—. ¡Son mis amigos!

Marcus asiente con la cabeza y se burla:

—Ay, qué dulce...

—Menudo imbécil —murmuro.

Parece que Maya está a punto de echarse a llorar. Entonces...

—Vale, ya es oficial —digo—. No entiendo a las chicas.

Dee Dee levanta la mirada, con exasperación.

—En nombre de todas las chicas del mundo, gracias por la noticia.

Dee Dee sacude la cabeza, como quien dice: «Eres más bobo que un títere de calcetín».

—Bueno, entonces ¿cómo lo llamarías? ¡Está claro que a ella le gusta Marcus!

—¡A Maya no le gusta Marcus! — exclama Dee Dee, agitando tanto el dedo que ha estado a punto de sacarme un ojo.

—Entonces ¿por qué Marcus y ella iban tan pegaditos esta última semana?

—Lo que quería decir es que te pongas en el lugar de Maya —aclara Dee Dee—. ¡Es TÍMIDA! ¡Es CALLADA! Cuando el Príncipe de Séptimo empezó a fijarse en ella…

Dee Dee adopta una pose y responde:

—Ejem…

—Pero… ¿qué le voy a decir? —pregunta muy sonrojado.

Chad me devuelve el cómic.

—No creo que me sea de mucha ayuda —suspira.

—Limítate a actuar como la última vez —le aconsejo—. Los dos estuvieron hablando mucho rato en la cafetería, ¿no?

—Sí —responde Chad—. Pero eso fue... antes.

—¿Antes de qué? —pregunta Dee Dee, pero Chad no tiene tiempo de responder nada: ya he sacado la respuesta del bolsillo.

—Espero que tengas razón —se apresura a contestar Chad—. Gracias, Nate. Eres un amigo de verdad.

¡MOOOOOOC!

—Oh, no me hagas caso —dice Dee Dee, sonándose mientras se limpia la nariz con un pañuelo—. Es que a veces me emociono.

Trato de poner cara de póquer.
—¿TÚ? ¡No me digas!

El timbre interrumpe el drama de Dee Dee.
—Será mejor que te metas un tapón en la nariz —le recomiendo—. Tenemos clase.

NATE, TENGO UNA PREGUNTA PARA TI.

LE HAS DADO A CHAD EL PIE DE LA SUERTE... ¿Y SI **TU** VIDA AHORA ES DESASTRE?

—Espero que eso no ocurra —respondo.

O quizá no. Parece que un bicho enorme se ha arrastrado esta mañana de debajo de su roca con el pie izquierdo.

—Antes de que sonara el timbre, jovencito —sisea la señorita Godfrey con los dientes apretados…

¡HE **INSPECCIONADO LAS MESAS**!

Oh-oh. Esto significa que no solo ha visto los grafitis de encima del escritorio, sino que también ha metido su narizota dentro. Lo cual, por si se lo estaban preguntando, no es nada bueno para mí.

¿EXPLICARLO? Vale.

Es el trabajo de un genio del cómic.

¿Hace falta añadir algo más?

—Ultra-Nate y Mega-Chad —lee en voz alta pronunciando una sílaba por segundo—. ¡Por supuesto, este dibujo es fruto de un TRABAJO EN EQUIPO!

El pobre Chad parece un pececillo rodeado de tiburones.

—Un momento —protesto—. Chad no ha tenido nada que ver con esto.

La señorita Godfrey me mira desde arriba.

—Esto lo decidiré yo, si no te importa.

—N-no, señorita —chirría Chad.

—¿Qué tienes en la mano? —pregunta Godfrey.

¿ESTO? BUENO... NADA. UN AMULETO DE LA SUERTE.

—Parece una pieza de un juguete —dice—. Y no se permite tener juguetes en clase. Dámelo.

La señorita Godfrey mete el pie en el cajón de su escritorio y luego vuelve a la carga.

—Chad, puedes regresar a tu sitio.

...Y NATE...

ESTÁS CASTIGADO DESPUÉS DE CLASE.

¡RRRIP!

Vaya, sí que vamos bien... Me dejo caer en la silla y le lanzo una mirada a Chad. El pobre está como ausente, con cara de pena. Sé cómo se siente. Como si la buena suerte se hubiera terminado oficialmente...

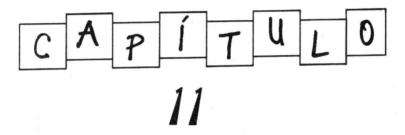

CAPÍTULO 11

Me he pasado los últimos cuatro días rezando para que el Día Deportivo lloviera, pero no ha servido de nada: esta mañana no había ni una sola nube en el cielo.

—¡Acabamos de verte hablando con Marcus! —me dice Francis—. ¿Y eso?

—Estábamos cerrando nuestra apuesta —respondo.

—No puedo —digo sacudiendo la cabeza—. Eso me convertiría en una rata aún más rastrera que él.

—Eso es imposible —refunfuña Teddy.

—Podría ocurrir —opina Francis no muy convencido.

—¿Capitanes? —pregunto sorprendido—. ¿Quién es nuestro capitán?

—Y yo qué sé —responde Teddy, encogiéndose de hombros.

—ALGUIEN tenía que hacerlo —nos dice con una sonrisita, pegando una hoja de papel en un mástil—. Me he tomado la libertad de elaborar el programa oficial de las pruebas.

—¿Mark Cheswick corriendo los cien metros planos? —pregunto—. ¿Y Anne Marie Abruzzi en el lanzamiento de peso?

Gina se cruza de brazos y me suelta:

—Sí. ¿Y?

Miro alrededor y respondo, bajando la voz:

—¡Los van a MACHACAR! —siseo—. ¡Al menos podrías asignar a la gente pruebas en las que puedan GANAR!

—¡El objetivo del Día Deportivo es ponerse en forma, tontorrón! —ruge—. ¡No pretendía que ganáramos!

—¿Eh...? Esto... no, entrenador.

—Bien. Porque formar parte de un equipo...

¡... SIGNIFICA RESPETAR A TU CAPITÁN!

¿Incluso cuando se trata del Capitán No-da-una? Gina sonríe con aire triunfal y se aleja, contoneándose. A mí no me toca participar hasta más tarde. De momento, no tengo nada que hacer...

¡... SALVO VER CÓMO **MACHACAN** A MI EQUIPO!

EL *CÓMIC SOBRE LA VIDA* (DEMASIADO) real de Nate presenta

¡UN DÍA DEPORTIVO DE LOCOS!

CARRERA DE 1 MILLA Son seis vueltas alrededor de la escuela. Por desgracia, Todd Dunfy solo ha corrido tres y media.

Buf buf buf buf buf

¡FIU!

Ganador: **ALUMNA DE 7.º**

SALTO DE LONGITUD Dee Dee no pilla que el estilo es lo de menos en el salto de longitud.

PIRUETA

¡TA-CHÁN!

1 PIE 2 PIES 3 PIES 4 PIES

Ganador: **ALUMNO DE 7.º**

¿Quieren saber lo peor? Esas eran algunas de nuestras mejores marcas. Es obvio que ganar esa apuesta con Marcus…

La voz del entrenador resuena en el campo.

—¡La próxima prueba es la carrera de salto de obstáculos de 60 metros!

¡Vaya! Las piernas de ese niño me llegan a la garganta. Diría que puede dar un paso por encima de las vallas sin siquiera saltar. Seguramente no tengo ninguna oportunidad. Pero...

Y entonces... pasa algo. ¡Kareem tropieza! Cuando vuelve a ponerse en pie, yo ya he saltado la primera valla.

¡Voy muy bien! Me faltan cuatro vallas. Desvío la mirada a mi izquierda: Kareem está ganando terreno, pero no va a llegar a tiempo. Me faltan tres vallas. Dos...

Es como una de esas pesadillas a cámara lenta. La sangre me golpea la cabeza y, mientras trato de ponerme en pie, oigo que los pasos de Kareem me adelantan.

Y aquí llega el comité de bienvenida.

Dee Dee se me acerca y me sacude el polvo y los restos de césped de encima.

—¿No se te ocurre ninguna respuesta ingeniosa? —me pregunta.

—¿Qué quieres que diga? —farfullo.

—Sí. Que no tenemos ninguna posibilidad de ganar.

Dee Dee frunce el ceño.

—Pareces muy deprimido —me dice—. No sé quién se siente peor...

—Pobre —digo—. ¿Aún no ha hablado con Maya?

Dee Dee sacude la cabeza.

—Dice que no puede hacerlo sin ese pie de la suerte. ¡Es tan TRÁGICO!

¡HABRÍAN FORMADO UN **EQUIPO** FANTÁSTICO!

Sus palabras me hacen reaccionar.

—¡Equipo! —grito—. ¡Dee Dee! ¡Acabo de tener una idea!

—¿Adónde vas? —me dice mientras me alejo a toda prisa.

Pero no tengo tiempo de explicárselo. Debo encontrar a… ¡Ajá!

¿Se preguntarán qué pretendo? Lo siento, es *top secret*. Pero, aunque no soy yo quien debería decirlo, ¡es algo brillante!

Espero que funcione.

¡LOS CORREDORES DE SÉPTIMO SON MARCUS Y JAKOB!

—Y el equipo de sexto lo forman Maya y Artur.

Artur se inclina hacia mí y me susurra:

—¿Ahora?

—Ahora —respondo, asintiendo.

—Disculpe, por favor —dice, acercándose al entrenador dando saltitos como una rana artrítica.

NO PODRÉ CORRER... ME HE TORCIDO EL TOBILLO.

UN MOMENTO, ¿QUÉ?

¡HOP! ¡HOP!

—Artur, deberías haberme informado de eso en cuanto te hiciste daño —resopla Gina—. Como capitán, debo encontrar un sustituto apropiado para que...

—Muy bien —dice el entrenador—. Entonces los participantes serán Maya y Chad. Nate, ayúdalos a prepararse, por favor.

Chad tiene las mejillas tan rojas como un calcetín de Navidad.

—Yo... Nunca había participado en una carrera a tres piernas —le dice a Maya—. Seguramente lo haré fatal.

Ella esboza una sonrisa tímida y replica:

—Seguro que lo harás muy bien.

¡LO **HARÁN** GENIAL!

PERO ¡NO TRATEN DE CORRER **DEMASIADO**! ¡LA VELOCIDAD NO LO ES TODO!

Marcus me interrumpe.

—¡Eh, supertorpe! Esta es tu última oportunidad para ganar la apuesta.

✳ ¡JE, JE, JE! ✳ ¿ESTÁS **SEGURO** DE QUE QUIERES ARRIESGARTE CON **ESOS** PERDEDORES?

Le dedico una mirada glacial y respondo:

—Sí.

—He elegido como compañero al corredor más rápido de la escuela — se pavonea.

—Magnífica estrategia — digo.

Por un instante, le flaquea la sonrisa. Y entonces el entrenador hace sonar el silbato con energía.

—Muy bien, equipos, ¡alíniense!

Maya y Chad empiezan la carrera y poco a poco van ganando velocidad. ¿Y el equipo de séptimo? Pues no tanta.

—¡Fíjense en Marcus y Jakob! —exclama Francis—. ¡Van descoordinados!

—¡Maya y Chad lo hacen DE MARAVILLA! —trina Dee Dee.

—¡Es fascinante! —observa Francis con su voz sabihonda de Profesor Chiflado—. INDIVIDUALMENTE son mucho más lentos que los de séptimo...

—¿Y qué te parece el trabajo de equipo de Marcus y Jakob? —pregunta Teddy.

—En mi país tenemos una expresión para describirlo —dice Artur—. Lo llamamos «caos total».

La carrera termina mucho antes de que Maya y Chad crucen la línea de meta. Ha sido más que una victoria. Ha sido una buena paliza. Me vuelvo hacia Dee Dee y le digo:
—Tenías razón acerca de estos dos.

¡**FORMAN** UN EQUIPO FANTÁSTICO!

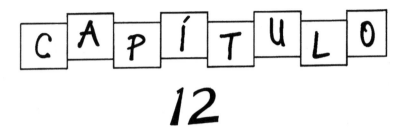

CAPÍTULO

12

—Muy bien, chicos —digo—. Cuando el director Nichols nos presente…

—Lo único que coincide es la MELODÍA, idiotas —les digo—. ¡La LETRA es distinta!

¿VERDAD, ARTUR?

SÍ, POR SUPUESTOS...

¡GUIÑO!

Desde detrás del telón, oímos que la cafetería se va llenando. Es nuestra asamblea semanal y nos han dado otra oportunidad. Para lucirnos de verdad.

—En cuanto a la apuesta con Marcus —dice Francis—. ¿Qué habría pasado si hubieras perdido?

—Habría sido una pesadilla —respondo—. Tenía que convertirme en un mini-Marcus.

¡LE PROMETÍ QUE VESTIRÍA COMO ÉL, ACTUARÍA COMO ÉL Y LO SEGUIRÍA POR TODAS PARTES DURANTE UNA **SEMANA**!

¡PUAJ!

—Pero GANASTE —observa Teddy—. Y ¿qué tiene que hacer Marcus para TI?

En ese momento, la voz del director Nichols se oye por megafonía.

—Demos una calurosa bienvenida a... ¡ATRAPA EL ME-JILLÓN!

—Ahora lo sabrás —respondo cuando se abre el te-lón—. Dale, Artur.

PERO SÉPTIMO NO ENTENDÍA
¡QUE EL **TRABAJO DE EQUIPO** ES LA GUÍA!
Y TANTA DESCOORDINACIÓN
FUE AL FINAL SU **PERDICIÓN**.

OOOOH, QUÉ DISGUSTADOS ESTABAN,
PERDER NUNCA ES DIVERTIDO
OOOOH, CON QUÉ CARAS NOS MIRABAN.

¡Y AHORA FÍJENSE EN CHAD, ENSEÑÁNDOLE A MARCUS **A RELAJARSE EN EQUIPO**!

TONC TONC TONC
TONC TONC TONC
TONC TONC
TONC TONC
TONC TONC
TONC TONC
TONC TONC
TONC TONC...

—Mmm… Qué raro —se ríe Francis mientras Chad prosigue con su… esto… solo de batería.

—Me alegro con Chad —dice Artur muy sonriente—. ¡Ganó la carrera y encima está con Maya!

—¡Y lo consiguió todo sin la ayuda de su pie de la suerte! —observa Francis.

—No volveremos a ver ese pie nunca más —suspira Teddy.

—Nos las arreglamos bien sin él —le recuerdo—. ¿Para qué necesitamos un pie…?

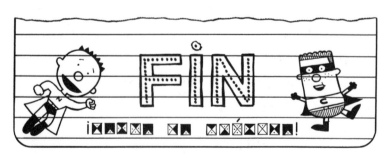

Lincoln Peirce

Uno de los autores más vendidos del *New York Times*, es el dibujante y guionista de la hilarante serie de libros de *Nate el Grande* (www.bignatebooks.com), ahora publicada en veinticinco países y disponible en formato ebook, audiobook y como app. También es el creador de la tira cómica *Big Nate* [Nate el Grande], que aparece en más de doscientos periódicos de Estados Unidos y, diariamente, en www.bignate.com. El ídolo de la infancia de Lincoln era Charles Schulz, creador de *Snoopy*, pero su mayor fuente de inspiración han sido siempre las experiencias que vivió en la escuela. Como Nate, a Lincoln le encantaban los cómics, el hockey sobre hielo y los ganchitos de queso (y no soportaba ni los gatos, ni el patinaje artístico, ni tampoco la ensalada de huevo). Se ha hablado de sus libros de Nate el Grande en el programa de televisión *Good Morning America*, así como en los periódicos *Los Angeles Times*, *USA Today* y el *Washington Post*. También ha escrito para Cartoon Network y Nickelodeon. Lincoln vive con su esposa y sus dos hijos en Portland, Maine.

Si quieres saber más
sobre tus creadores preferidos, visita
www.authortracker.com